W9-ASR-828

DATE DUE

**CUENTO
DE LUZ**

DOROTHY, una amiga diferente

© 2013 del texto: Roberto Aliaga
© 2013 de las ilustraciones: Mar Blanco
© 2013 Cuento de Luz SL
Calle Claveles 10 | Urb Monteclaro | Pozuelo de Alarcón | 28223 | Madrid | España | www.cuentodeluz.com

ISBN: 978-84-15619-77-2

Impreso en PRC por Shanghai Chenxi Printing Co., Ltd., enero 2013, tirada número 1335-04

FSC
www.fsc.org
MIXTO
Papel procedente de
fuentes responsables
FSC® C007923

DOROTHY
Una amiga diferente

Roberto Aliaga   Mar Blanco

Dorothy es mi mejor amiga.
A simple vista no nos parecemos en nada,
porque ella tiene más pelo que yo.
Y es mucho **más grande** que yo.
Y no habla tanto como yo.

Pero nos lo pasamos tan bien
cuando estamos juntas...

Casi todas las mañanas
voy a buscarla para bañarnos en el río.
Dorothy se tumba boca arriba y deja que
la corriente nos lleve, durante horas.

Ella es la isla y yo soy la náufraga.
Pero no estamos solas.

A la hora de comer, Dorothy
me lleva a su casa y,
sin que nadie se entere,
me esconde bajo la mesa.

Con las miguitas que se le caen
yo tengo bastante.

**Desde que somos amigas
ya no paso hambre.**

Y por la tarde, después de la siesta,
solemos irnos de excursión.
Me siento sobre su hombro y le canto canciones,
o le cuento cuentos que no conoce.

Yo sé que a Dorothy le encanta,
aunque haga como si no me escuchara...

Ella es mi mejor amiga.
Nadie la conoce tan bien como yo.
Cuando Dorothy está contenta,
los pájaros se posan en su cabeza.
Y cuando se enfada, la tierra tiembla, asustada.

Pero no siempre podemos estar juntas.

Si quiero ir a la charca, con las demás,
Dorothy no me puede acompañar.
A ellas no les gusta mi amiga...

Cuando me ven llegar
dejan de mirarse al espejo
y empiezan **a gritar**:

Yo les digo que Dorothy no es una cosa, sino mi amiga; pero a ellas les da igual, y se arrancan con la algarabía de todos los días:

Yo, claro, para no pelearme con ellas,
y para que dejen de hablar mal de
mi amiga, tengo que decirles:

—Tranquilas, que vengo sola.
Dorothy no sabe dónde estoy.

Ellas entornan los ojos de un modo extraño,
como si pensaran que las engaño.

Pero al cabo de un rato vuelven a sus asientos
y siguen con lo que estaban haciendo.

No tienen buena memoria,
y en sus cabezas solo caben

cosas de princesas.

Yo me siento en la charca y meto los pies en el agua.
Casi nunca hago nada. Bueno, sí.
Suelo pensar en Dorothy...

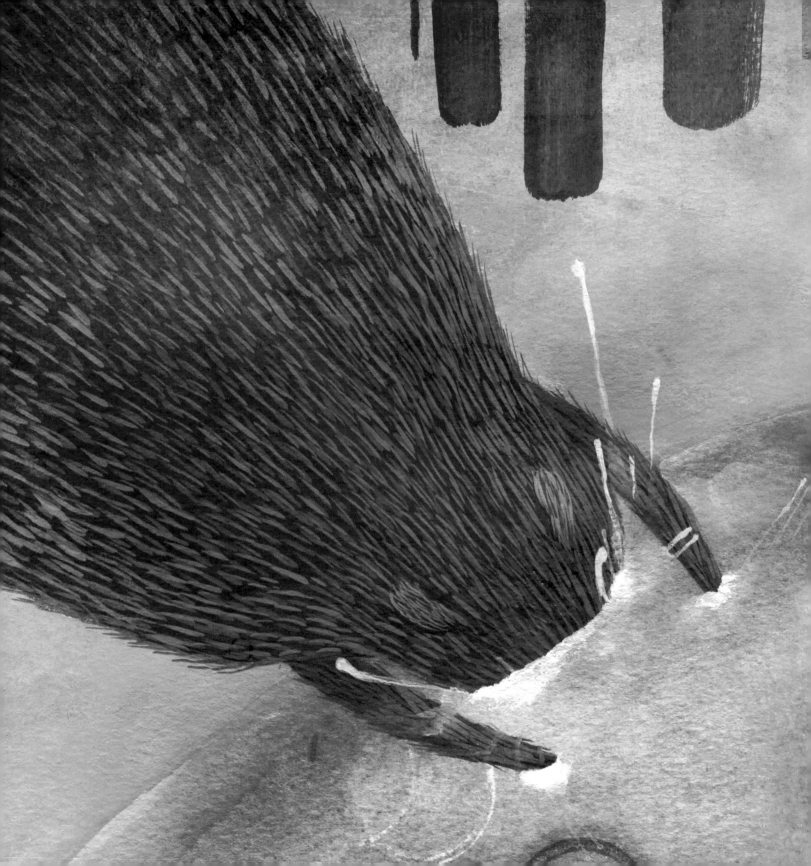

... Hasta que los árboles de nuestro alrededor
comienzan a moverse, el sol se oculta tras una sombra...

¡y aparece Dorothy, de repente!

No lo hace aposta, pero cae
en la charca como un guijarro
y nos llena a todas de barro.

argh!!! *

Ellas se ponen furiosas.
La mayoría grita, y alguna hace como si se desmayara.

Yo tomo a Dorothy de la mano y nos vamos juntas con una disculpa:

—Tranquilas, que

no volverá a suceder...

Cuando nos alejamos, Dorothy me pregunta con los ojos si estoy enfadada...
Y yo siempre le contesto lo mismo:

—¡Claro que no!
¡Si cada vez saltas mejor!

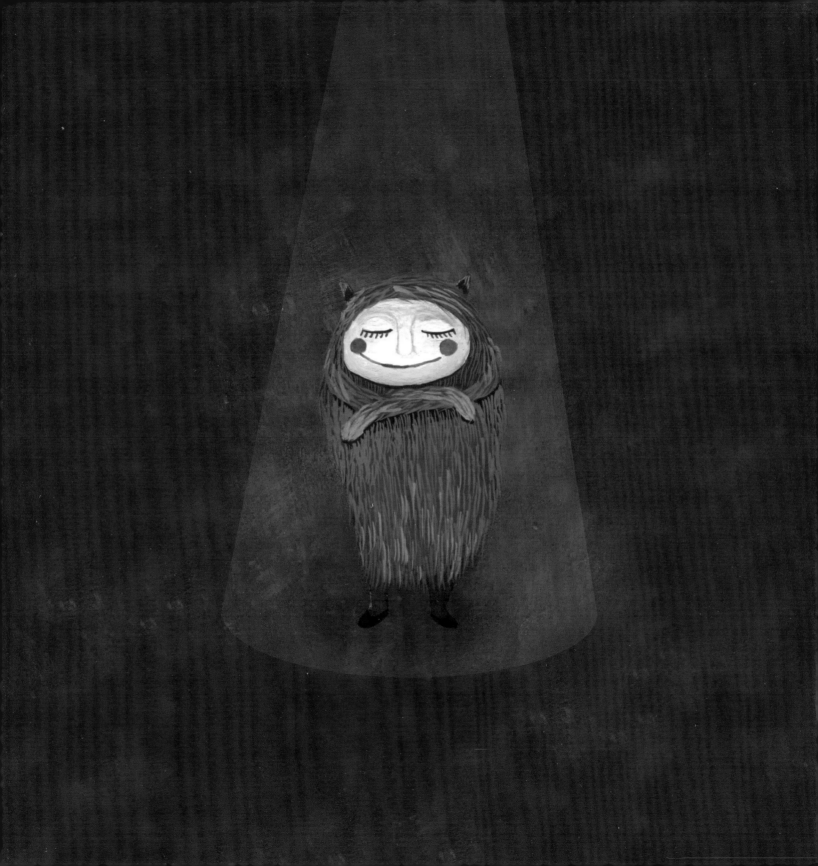